고

전

필

사

손으로 생각하기 6

삶을 풍요롭게 만드는 옛사람의 지혜 71

고 전 필 사

좋은 리더의 조건.

좋은 리더의 조건은 무엇일까요? 능력이 뛰어나 큰 성과를 내는 리더가 있고, 자기계발을 잘하는 리더가 있습니다. 강력한 카리스마로 조직을 잘 통솔하는 리더도 있습니다. 그런데 고전은 다르게 이야기합니다. 좋은 리더는 관계를 잘 활용할 줄 아는 사람입니다. 인간관계는 참 미묘하고 상대적입니다. 작은 오해 하나가 많은 관계를 갈등으로 몰아넣기도 하고 작은 칭찬 하나가 조직 전체에 활력을 불어넣기도 합니다. 좋은 리더는 사람의 마음을 읽고 그 마음을 움직여서 행동에 이르게 합니다. 힘으로 눌러서 움직이게 하는 것이 아니라 마음을 어루만져 움직이게 합니다. 나와 생각이 다른 사람도 넉넉하게 품어줍니다.

무엇보다 훌륭한 리더는 남에게 요구하지 않고 스스로가 바로 서려고 합니다. 고전은 말합니다. "오직 나를 바르게 해야 남을 변화시킬 수 있고 오직 나의 정성을 다 쏟아야 남을 감복시킬 수 있다." 남에게 시키기만 하는 사람이 아니라 자신이 먼저 솔선수범하고, 스스로를 돌아볼 줄 아는 사람이 훌륭한 리더입니다.

필요한 덕목이 또 있습니다. 좋은 리더는 인문적 소양을 갖추어야 합니다. 오늘날에는 인간관계가 더욱 복잡합니다. 따라서 리더는 사람의 마음을 읽어 내어 복잡한 관계를 조화롭게 만들 줄 알아야 합니다. 그렇기 위해선 인문적 소양을 길러서 내면의 수양을 쌓고, 나아가 적재적소에 맞게 잘 표현할 수 있어야 합니다.

이 책은 리더에게 필요한 좋은 구절, 리더가 갖추어야 할 덕목을 싣고 있습니다.

각각의 구절을 깊이 새기면 마음에 풍부한 자양분이 되어 줄 것입니다.

그런데 리더에게 요구되는 자질은 실은 우리 모두의 일상에 필요한 덕목이기도 합니다. 리더이든 평범한 사람이든 관계를 조화롭게 만들고, 거친 삶에 적극적으로 맞서 나가며, 고독을 견뎌내야 하는 조건은 다 비슷합니다. 여기에 실린 여섯 가지 주제는 나의 삶을 적극적으로 긍정하고, 관계의 소중함을 배우며, 삶을 성찰하는 데 도움을 줄 것입니다. 글을 읽고 쓰는 가운데 복잡한 관계 속에서 상처 받은 내면이 위로받고 따뜻한 마음이 회복되길 바라봅니다.

눈으로 보고 읽기만 해서는 아무리 좋은 글도 금세 잊어버립니다. 자고로 글은 직접 써야 기억에 오래 남고 마음도 차분해집니다. 손으로 쓰는 행위가 필사(筆寫)입니다. 필사를 하면 마음이 차분해지고 머리도 좋아진다는 연구 결과도 있습니다. 느릿느릿 한 문장 한 문장 옮기는 사이 생각하는 힘이 자라고 따뜻한 감성이 피어나는 것을 느낄 수 있을 것입니다. 책의 내용을 차분하게 필사해 가면서 인간의 덕목에 대해 깊이 생각해 보고, 나를 찬찬히 돌아보는 시간이 되었으면 좋겠습니다.

박수밀

목차

3   힘 있는 자보다 강한 자가 되라
도전과 의지

내 자신에게서 구할 뿐이다

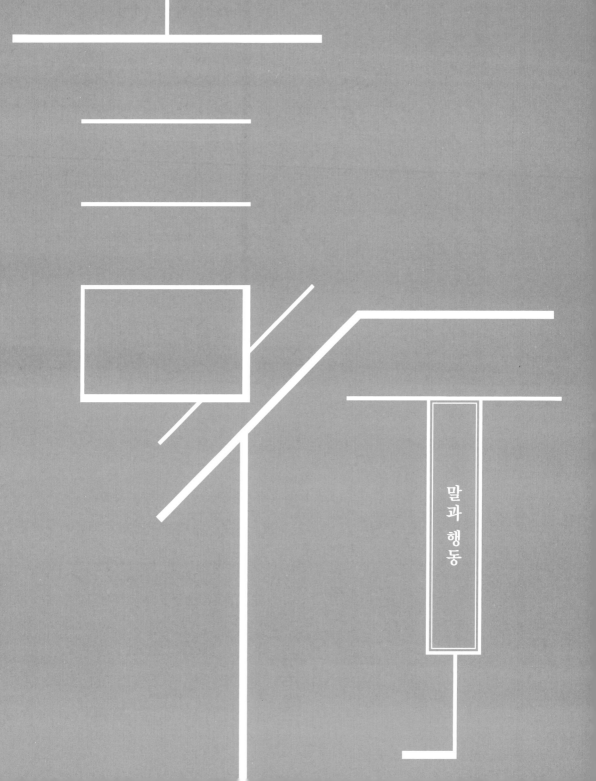

가끔 잠자리에 누워 하루 일을 생각하다가 문득 부끄러움이 밀려와 이불을 뒤집어 쓸 때가 있습니다. 왜 나는 그때 그렇게 행동했을까? 왜 나는 그런 말을 했을까? 하지만 후회해 본들 엎질러진 물입니다.

혀는 길이가 세 치 정도라고 해서 삼촌설(三寸舌)이라고 부릅니다. 그런데 세 치에 불과한 혀가 사람을 죽이기도 하고 살리기도 합니다. 가장 짧으면서 위험한 무기가 혀입니다. 혀는 잘 놀리면 천 냥 빚을 갚지만 잘못 놀리면 그동안 쌓은 명예를 와르르 무너뜨립니다. 공자도 평생 착한 일을 했더라도 한마디 잘못된 말로 이를 무너뜨린다고 했습니다.

말은 상대방을 기분 좋게 만들기도 하고 씻을 수 없는 상처를 주기도 합니다. 말을 어떻게 하느냐에 따라 인생의 행과 불행이 나뉘기도 하며 사회가 더욱 아름답게도, 혹은 더욱 상처로 얼룩지게도 됩니다.

하지만 우리네 삶은 툭하면 말실수인 실언(失言)을 하고 말을 주워 삼키는 식언(食言)을 합니다. 하루에 수백 수천 마디의 말을 주고받으면서 남에게 상처를 주기도 하고 내가 상처를 받기도 합니다. 어떻게 하면 지혜로운 말을 하고 남의 말에 상처받지 않을 수 있을까요? 언행을 삼가라는 옛 사람의 말이 가볍지 않습니다. 세 치 혀를 정복하는 자가 인생도 정복합니다.

도끼와 칼.

입은 사람을 다치게 하는 도끼이고 말은 혀를 베는 칼이다. 입을 막고 혀를
깊이 감추면 어느 곳에 있어도 몸이 편안하다.

口是傷人斧 言是割舌刀 閉口深藏舌 安身處處牢

『명심보감明心寶鑑』

상처를 주는 말은 5초에 불과하지만, 상처를 아물게 하는 데는 평생 걸린다. 무심결에 던진 말,
생각 없이 내뱉은 말은 도끼보다 더 큰 흉기가 되어 상대의 가슴을 찌른다. 말이 많으면 실패도
많다. 한마디 말로써 상대를 설득할 수 없다면 차라리 말을 하지 않는 것이 낫다.

비난과 칭찬을 대하는 자세.

남이 비난하는 것을 들어도 화내지 말며 남이 칭찬하는 것을 들어도 기뻐하지 말라. 다른 사람의 악한 것을 듣더라도 맞장구를 치지 말며, 다른 사람의 착한 것을 들으면 나아가 그와 어울리고 또 그를 좇아 기뻐하라.

聞人之謗 未嘗怒 聞人之譽 未嘗喜 聞人言人之惡 未嘗和 聞人言人之善 則就而和之 又從而喜之

『명심보감明心寶鑑』

남
의
잘
못
。

남이 잘하는 점이 있으면 드러내 주고 남이 잘못하거든 덮어 주어라. 남이 내게
대들어도 맞서지 않고 남이 나를 비방해도 말없이 참는다면 대들던 사람이 스스
로 부끄러워하고 비방하던 자도 스스로 그만둘 것이다.

人有善而揚之 人不善而掩之 人犯我而不較 人謗我而默默 則犯者自愧 謗
者自息矣

김충선, 「가훈家訓」

김충선은 임진왜란 때 일본에서 조선으로
귀화한 사람이다.
인격이 성숙한 자는 스펀지와 같아서
자신에게 향한 비난을 안으로 흡수한다.
근거 없는 비난에 맞대응하지 않고 묵묵히
참는다면 비난하는 자가 스스로 민망해하며
그칠 것이다.

말은 황금처럼 아끼고 자취는 옥같이 감추어라.
깊이 침묵하고 고요히 가라앉혀 꾸밈이나 속임
과는 접촉하지 말라. 빛남을 가슴속에 감추어 두
라. 오래되면 밖으로 빛나리라.

惜言如金 韜跡如玉 淵默沈静 矯詐莫觸 斂華于衷 久而外燭

이덕무, 「회잠晦箴」

조선후기 실학자인 이덕무가 이십대 초반에
쓴 잠언이다. 도광양회(韜光養晦)라는 말이
있다. 자신의 재능이나 이름을 드러내지
않고 때가 찾아올 때까지 참고 기다린다는
뜻이다. 말을 아끼고 자신의 능력을 함부로
드러내지 않으면 언젠가는 그 재능을
환하게 비출 때가 온다.

마음의
평화를
찾는
지름길 。

마음이 안정된 자는 말이 적다. 마음을 안정시키는 일은 말을 줄이는 데서 시작한다. 때가 된 뒤에 말한다면 말이 간략하지 않을 수 없다.

心定者言寡 定心 自寡言始 時然後言 則言不得不簡

이이, 「자경문自警文」

율곡 이이가 평생 진리를 추구하며
살겠다는 다짐을 담아 쓴 경계의 글이다.
거짓을 감추거나 잘못을 변명할 때 말은
자꾸 보태진다. 말이 많아지면 군소리가
나오고 실언(失言)이 나온다. 그러니 말은
아낄수록 좋다. 때로 과언(寡言)은 백 마디
말보다 깊은 울림이 있다.

잘못을 했다면.

생각지 못한 비난에 걱정할 것 없고, 과분한 칭찬에 좋아할 것 없다. 내게 비난 받을 만한 행동이 있으면 반성하여 고치면 된다. 내게 본래 잘못이 없다면, 저들의 괜한 비방을 무엇 하러 따지겠는가? 내게 칭찬받을 만한 선한 행동이 있으면, 저들이 칭찬하는 것이 당연하다. 그러나 내게 본래 착한 행실이 없다면, 남들의 괜한 칭찬은 도리어 부끄러운 일이 된다. 사람이 행실을 닦는 데 비난과 칭찬에 흔들릴 필요가 없다.

不虞之毀不足卹 過實之譽不足喜 我有可毀之行 則反省改之 而我本無過 則彼之虛謗 何足較哉 我有可譽之善 則彼言當矣 而我本無善 則人之虛譽 反爲羞恥 士之修行 不必動於毀譽也

윤형로,「가훈家訓」

칭찬이나 비난을 들으면 마음은 이리저리 흔들린다. 그러나 뒷말에 연연해할 필요는 없다. 내가 잘못한 것이 있으면 잘못을 고치면 된다. 잘못한 것이 없다면 신경을 끄면 된다. 남들의 이러쿵저러쿵 뒷말에 흔들리지 말고 스스로에게 당당해져라. 내가 스스로에게 떳떳하다면 남들의 평가 따위가 뭐가 중요하랴!

대개 나 자신부터 선해야 마땅히 좋은 사람은 좋아하게 되고 악한 자는 싫어하게 되어 선한 자는 자연히 가깝게 되고 악한 자는 절로 멀어진다. 어찌 다른 까닭이 있겠는가. 말하자면 돌이켜 내 자신에게서 구할 따름이다.

大抵吾身旣善 當好者好之 當惡者惡之 善者自近而惡者自遠 豈有他哉 亦曰反求諸己而已矣

홍대용, 「자경설自警說」

사람은 반드시 자신을 다스린 뒤에야 남에게 의지하지 않을 수 있고, 스스로 선 뒤에야 남에게 빌붙지 않을 수 있으며, 스스로 지킨 뒤에야 남을 따라다니지 않을 수 있다.

人必自治而後 可以不待物矣 自立而後 可以不附物矣 有守而後 可以不隨物矣

장유,「의리지변義利之辨」

잘되면 내 덕, 안되면 네 탓이라고들 한다. 오해와 불신이 이로부터 생겨난다. 남을 탓하기에 앞서 내 자신을 먼저 돌아볼 일이다. 이른바 반구저기(反求諸己)! 다른 사람을 이기려면 반드시 먼저 자신을 이겨야 하고, 다른 사람을 알려면 반드시 먼저 자신을 알아야 한다.

선
한
일
을

하
는
자
,

악
한
일
을

하
는
자
。

하루에 선한 일을 하면 복은 비록 이르지 않더라도 화는 저절로 멀어진다. 하루
에 악한 일을 하면 화는 비록 이르지 않더라도 복은 저절로 멀어진다. 착한 일을
하는 사람은 봄 동산의 풀과 같아서 자라는 것이 보이지 않지만 날마다 더해지는
바가 있다. 악한 일을 하는 사람은 칼을 가는 숫돌과 같아서 닳아 없어지는 것을
보지 못하나 날로 이지러지는 바가 있다.

一日行善 福雖未至 禍自遠矣 一日行惡 禍雖未至 福自遠矣 行善之人 如
春園之草 不見其長 日有所增 行惡之人 如磨刀之石 不見其損 日有所虧

『명심보감明心寶鑑』

세 번
생각해야 하는
이유.

선부르게 생각하지 말라. 선부르게 생각하면 그르치기 쉽다. 너무 깊이 생각하지 말라. 너무 깊이 생각하면 의심이 많아진다. 헤아리고 절충해 보니 세 번 생각하는 것이 가장 알맞다.

思之勿遽 遽則多違 思之勿深 深則多疑 商酌折衷 三思最宜

이규보, 「사잠思箴」

가볍게 생각하고 섣불리 판단했다가는
낭패를 당하는 수가 있다. 반대로 너무
깊이 생각하면 생각이 망상을 낳아 의심만
키운다. 아무리 쉬워 보이는 일도 돌다리도
두드려 보고 건너는 마음으로 세 번
생각하고 행동하자. 아무리 복잡해 보이는
일도 너무 신중하다가 좋은 기회를 잃지
말고 세 번만 생각하자.

과감히 행동해야 할 때.

작은 것에 연연해하다 큰 것을 잊으면 나중에 반드시 손해가 있고, 의심하고 망설이면 나중에 반드시 후회하게 된다. 결단하면 과감히 행동해야 귀신도 피하고 나중에 성공한다.

顧小而忘大 後必有害 狐疑猶豫 後必有悔 斷而敢行 鬼神避之 後有成功

사마천, 「이사열전李斯列傳」

눈앞의 작은 이익에 집착하면 더 좋은
것을 놓친다. 결정한 일을 망설이는 사이에
좋은 시기를 놓친다. 큰 것을 얻기 위해
당장은 손해를 볼 줄도 알아야 하며 결정은
신중하되 행동은 민첩해야 한다.

큰
일
을

하
고

싶
다
면
。

쉬운 것에서 어려운 일을 도모하고 작은 곳에서 큰일을 하라. 세상의 어려운 일은
반드시 쉬운 것에서 일어나고, 세상의 큰일은 반드시 작은 곳에서 일어난다. 그러므
로 성인은 끝내 크게 되려고 하지 않으므로 큰일을 이루는 것이다.

圖難於其易 爲大於其細 天下難事 必作於易 天下大事 必作於細 是以聖
人 終不爲大 故能成其大

『도덕경道德經』

쉽게 풀리지 않는 갈등도 사소한 데서
시작되고, 감당하기 어려운 일도 미미한
데서 출발한다. 돌이킬 수 없는 갈등도
사소한 오해에서 비롯되고, 최첨단
우주선의 폭발은 사소한 부품 하나의 결함
때문에 생긴다. 쉬울 때 미리 준비해야
큰일을 해내며 작은 일에 성실한 자가 큰
사람이 된다.

높은 곳을
오르는 방법.

지위가 높더라도 올라감에는 단계가 있다. 넘어
지지 않도록 삼가며 단계를 뛰어넘지 말라. 차근
차근 올라가며 넘어질까 두려워하라.

位雖懸 進有級 愼躓蹶 毋陵躐 循循而升 慄慄其崩

기준,「육십명六十銘:승계升階」

엽등(躐等)은 자기 역량이나 정해진 과정을 무시하고 단계를 건너뛰는 것이다. 얼핏 엽등은 큰
능력처럼 보이지만 다치기 쉽고 부실하다. 차근차근 단계를 밟아야 넘어지지 않는다. 실력이
그렇고 학문도 그렇다.

눈 보
이
지
1. 않
는

아는 이 없다 말라, 귀신이 여기에 있다. 듣는 이 없다 말라, 귀가 담장에 붙어 있
다. 잠깐의 화가 평생의 허물이 되며 한 터럭의 이익이 평생의 누가 된다. 남과
서로 간섭하면 다툴 일만 일으킬 뿐. 내 마음 평안히 하면 저절로 아무 일 없다.

勿謂無知 神鬼在玆 勿謂無聞 耳屬于垣 一朝之忿 平生成釁 一毫之利 平
生爲累 與物相干 徒起爭端 平吾心地 自然無事

권필, 「자경잠自警箴」

눈
2. 보
    이
    지
    않
    는

어두운 방, 침묵의 공간이 있다. 사람은 듣고 보지 못해도 신은 너와 함께 있다. 네 게으른 몸을 경계하고 나쁜 마음 갖지 말라. 처음에 막지 못하면 하늘까지 넘친다. 위로는 둥근 하늘을 이고 아래로는 네모난 땅을 밟나니, 날 모른다 말하며 장차 누굴 속일 텐가? 사람과 짐승의 갈림이고 행복과 불행의 씨앗이니 어두운 저 구석을, 나는 스승으로 삼겠다.

有幽其室 有默其處 人莫聞睹 神其臨汝 警爾惰體 遏爾邪思 濫觴不壅 滔天自是 仰戴圓穹 俯履方輿 謂莫我知 將誰欺乎 人獸之分 吉凶之幾 屋漏在彼 吾以爲師

장유, 「신독잠愼獨箴」

신독(愼獨)은 홀로 있는 데서 삼가는 것이다. 아무도 보지 않는 곳에서 욕망을 누르고 진실한 마음을 갖는 것이다. 사람을 다 속일 수 있어도 자기 양심은 속일 수 없다. 저 어두운 곳, 남이 아무도 보지 않는 공간이 스승의 자리이다.

나
의
생
각
과

남
의
말
。

많은 사람이 의심한다고 해서 자신의 견해를 굽혀서는 안 된다. 자기 생각을 고집하여 남의 말을 물리쳐서도 안 된다. 작은 은혜에 사사로이 매달려 큰일을 그르쳐서는 안 된다. 공론을 빙자하여 사사로운 감정을 풀어서도 안 된다.

毋因群疑而阻獨見　毋任己意而廢人言　毋私小惠而傷大體　毋借公論以快私情

홍자성, 『채근담菜根譚』

큰일을 하는 사람은 사소한 일에 신경 쓰지 않으며 덕이 높은 사람은 다른 사람의 비난을 돌아보지 않는다.

擧大事不細謹 盛德不辭讓

사마천, 「역생 육고열전鄭生 陸賈列傳」

나를 알아주지 않는다고 격정하지 말라

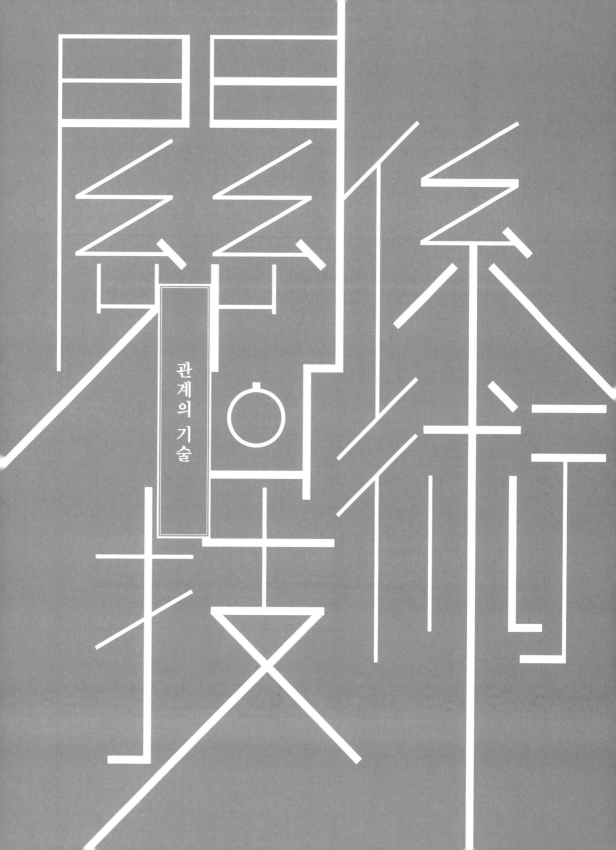

관계의 기술

사람을 알기가 가장 어렵습니다. 사람의 관계는 참으로 미묘해서 좋았던 관계가 사소한 오해 하나로 완전히 틀어지기도 하고 나빴던 관계가 순식간에 좋아지기도 합니다. 한번 틀어진 관계는 원래의 상태로 되돌리기가 참 어렵습니다. 관계를 어떻게 풀어 가느냐가 삶의 질을 좌우합니다.

인간의 가장 깊은 상처는 관계의 단절에서 오는 경우가 많습니다. 한번 틀어진 관계는 원래대로 돌아오기까지 몇 배의 노력과 시간을 필요로 합니다. 원래대로 회복되기도 어렵습니다. 그러나 그 상황을 어떻게 만드느냐에 따라 더 깊은 관계로 나아가기도 합니다.

내가 불행하다는 느낌은 남과의 비교에서 나옵니다. 남보다 못하다는 느낌이 자존감을 떨어뜨리고 질투를 불러옵니다. 그러나 무엇과 비교하느냐에 따라 더 나은 방향으로 나아갈 수도 있습니다. 비교하지 않으면 행복할 수 있지만 비교하지 않을 수 없다면 잘 비교해야 합니다. 무엇과 비교하느냐에 따라 삶의 방향이 달라집니다.

여기에 실린 글들은 좋은 리더는 어떠해야 하는가를 알려줍니다. 좋은 리더는 관계를 잘 활용할 줄 아는 사람입니다. 힘으로 사람을 움직이는 것이 아니라 인품으로 사람을 움직입니다. 자발적으로 움직여서 남의 행동을 이끌어 냅니다. 사람의 마음을 얻는 것이 가장 큰 관계의 기술입니다.

베풂은 많고 적음이 문제가 아니라 그 어려움을
당함에 달렸고, 원한은 깊고 얕음이 문제가 아니
라 마음을 상하게 했느냐에 달렸다.

與不期衆少 其於當厄 怨不期深淺 其於傷心

『전국책戰國策』「중산책中山策」

인간은 사소한 일에도 서운할 때가 있고
큰 도움을 받고서도 고마운 마음이 생기지
않을 때가 있다. 처지에 따라 고마운 정도가
달라지는 것이다. 그러므로 어려움에 처한
이를 도울 수 있어야 하며, 상심에 젖은
이에겐 작은 위로도 큰 힘이 된다. 상대방의
처지를 깊이 헤아리는 자가 그 마음을
얻는다.

사람을 품는 사람。

태산은 조그마한 흙덩이도 거부하지 않았기 때문에 크게 될 수 있었고, 황하와 바다는 가느다란 물줄기도 가리지 않았기 때문에 깊어질 수 있었다.

泰山不讓土壤 故能成其大 河海不擇細流 故能就其深

사마천, 「이사열전李斯列傳」

작은 흙덩이가 모여 거대한 산을 이루고,
작은 냇물이 모여 큰 강물을 만든다.
이것저것 가려내고 물리치면 큰 산, 큰
강물은 생길 수가 없다. 저 사람은 저래서
안 되고, 이 사람은 이래서 안 된다면 품을
수 있는 사람은 아무도 없다. 훌륭한 사람은
나와 다른 사람을 두루 감싸 안을 줄 안다.

사람을 아는
방법。

---

1. 옳고 그른 것에 대해 물어 보아 시비를 가리는 능력을 본다.

2. 궁지에 몰아 임기응변할 수 있는지를 살핀다.

3. 책략 따위를 물어 식견을 본다.

4. 위기 상황을 알려 난관에 맞설 용기가 있는지 본다.

5. 술에 취하게 하여 본성을 본다.

6. 이익을 제시해 청렴 여부를 살핀다.

7. 일을 맡겨 신용이 어떤지를 본다.

一曰 問之以是非而觀其志 二曰 窮之以辭辯而觀其變 三曰 咨之以
計謀而觀其識 四曰 告之以禍難而觀其勇 五曰 醉之以酒而觀其性
六曰 臨之以利而觀其廉 七曰 期之以事而觀其信

제갈량, 「지인성知人性」

배신하지
않는
자.

아첨을 잘 하는 자는 충성스럽지 못하고 간하기를 잘하는 자는 배신하지 않는다.
이것을 관찰하면 실수가 거의 없다.

善諛者不忠 好諫者不偝 察乎此 則鮮有失矣

정약용, 「이전육조吏典六條:용인用人」

달콤한 맛일수록 건강을 해치듯이
달콤한 말일수록 위험하다. 비위 맞추는
말을 늘어놓는 자는 다른 데 가면
딴소리를 한다. 반면 쓴소리는 당장에는
귀에 거슬리나 나를 돌아보게 한다. 그런
사람은 자신이 손해 볼 줄 알면서도 말하는
것이므로 믿어도 좋은 사람이다. 아첨꾼을
멀리하고 쓴소리를 하는 사람을 가까이
둔다면 인생에서 실수하는 일은 적다.

남을 변화시키고 싶다면。

오직 나를 바르게 해야 남을 변화시킬 수 있고,
오직 나의 정성을 다 쏟아야 남을 감복시킬 수
있다.

惟正己可以化人 惟盡己可以服人

신거운, 『서암췌어西岩贅語』

자신은 아무 것도 하지 않으면서 남에게
시키기만 하면 반감만 일으킨다. 앞에서는
굽히는 척하지만 뒤에서는 비웃는다.
진정한 복종은 힘으로 눌러서 만들어지지
않는다. 내가 먼저 나서고 내가 진심을
다해 도울 때 상대방도 깊이 감동하고
자발적으로 복종한다.

아랫사람을 대하는 법.

윗사람에게 싫었던 것으로 아랫사람을 부리지 말고 아랫사람에게 싫었던 것으로 윗사람을 섬기지 말라. 앞사람에게 싫었던 것으로 뒷사람을 먼저 하도록 말며 뒷사람에게 싫었던 것으로 앞사람을 따르게 하지 말라.

所惡於上 毋以使下 所惡於下 毋以事上 所惡於前 毋以先後 所惡於後 毋以從前

『대학』「전십장傳十章」

본전 생각을 하면 받은 대로 돌려주려는
마음이 생긴다. 윗사람에게 호되게 당하면
아랫사람에게 그대로 분풀이를 하고,
아랫사람이 못마땅했던 행동을 윗사람에게
그대로 한다. 그리하여 악순환의 고리는
돌고 돈다. 윗사람의 행위가 불합리했다면
아랫사람에겐 다른 방식으로 대하고,
아랫사람의 행동이 언짢았다면 윗사람에겐
반대로 해 보라. 건강하고 아름다운 관계가
만들어질 것이다.

남이 당신을
인정하지
않는다면。

스스로 현명하다고 여기며 남을 대하면 남이 인
정하지 않고, 스스로 지혜롭다고 여기며 남에게
자랑하면 남이 도와주지 않는다.

以賢臨人 則人不與 以智矜人 則人不助

정도전,「금남야인錦南野人」

스스로 똑똑한 척 지나치게 자기를
자랑하는 사람은 다른 사람들이 멀리한다.
반면 실력이 뛰어난데도 스스로를 낮추면
남들이 인정하고 높여 준다. 스스로
모자란다고 여기고 도움을 청하면 남이
먼저 다가와 도움을 준다. 자신을 높이면
남들이 낮추지만 자신을 낮추면 남들이
높여 준다.

지적하는
사람의 자세.

남의 잘못을 지적할 때는 너무 엄격하게 하지 말라. 그가 감당할 수 있는지를 생
각해야 한다. 남에게 선을 가르칠 때는 너무 높게 말하지 말라. 그가 따를 수 있
을 만큼 해야 한다.

攻人之惡 毋大嚴 要思其堪受 教人以善 毋過高 當使其可從

홍자성, 『채근담菜根譚』

너무 가혹하게 지적하면 상대방은 기가
죽고 오히려 반발심만 생긴다. 상대방이
납득할 수 있도록 이야기를 해서 변화를
이끌어 내는 것이 좋다. 아무리 선한 일도
너무 높은 수준을 요구하면 아예 포기한다.
상대방이 행할 수 있을 정도의 수준을
제시해 주어야 한다.

힘
과
덕
.

힘으로 남을 복종시키는 것은 진심으로 복종하는 것이 아니다. 힘이 부족해서
일 뿐이다. 덕으로 남을 복종시키는 것은 마음속으로 기뻐서 진심으로 복종하
는 것이다.

以力服人者 非心服也 力不贍也 以德服人者 中心悅 以誠服也

『맹자孟子』

힘으로 굴복시키려 하면 사람들은 그에게
진심으로 복종하지 않는다. 단지 힘이
모자라니까 고개를 숙일 뿐이다. 덕으로
복종시키는 사람은 남을 누르려고 생각하지
않지만 상대방은 자발적으로 복종하고
따른다.

남의 작은 허물을 꾸짖지 말고 남의 은밀한 비밀을 발설하지 말며 남의 지난 잘못을 마음에 두지 말라. 이 세 가지면 덕을 기르고 해를 멀리할 수 있다.

不責人小過 不發人陰私 不念人舊惡 三者可以養德 亦可以遠害

홍자성, 『채근담菜根譚』

사소한 일을 대하는 태도에 따라 그 사람의 됨됨이가 드러난다. 남의 소소한 잘못까지 지적하는 사람은 쪼잔한 사람이다. 남의 감추고 싶은 속사정을 함부로 떠벌리는 사람은 신뢰해서는 안 되는 사람이다. 남의 지나간 소소한 허물을 마음에 쌓아 두는 사람은 속 좁은 사람이다. 덕이 큰 사람은 소소한 일, 지난 일에 연연하지 않는다.

지위가 없음을 걱정하지 말고 설 수 있는 능력이
있는지를 걱정하라. 자기를 알아주지 않음을 근
심하지 말고 알아줄 만한 바탕을 갖추어라.

不患無位 患所以立 不患莫己知 求爲可知也

『논어論語』

남을 원망하지 말고 자신에게 나쁜 점이 없도록 하라. 뜻과 행동은 위와 비교하고 분수와 복은 아래와 견주라.

無怨於人 無惡於己 志行上方 分幅下比

이원익, 「좌우명座右銘」

무엇과 비교하느냐에 따라 내 삶의 방향이 달라진다. 나보다 더 훌륭한 이를 비교하며 나 자신을 담금질한다. 내가 누리는 것들을, 나보다 낮고 작은 것과 견주어 자족을 배운다. 행과 불행을 결정짓는 것은 소유의 크기가 아니라 무엇과 비교하느냐에 있다.

세 마당

힘 있는 자보다 강한 자가 되라

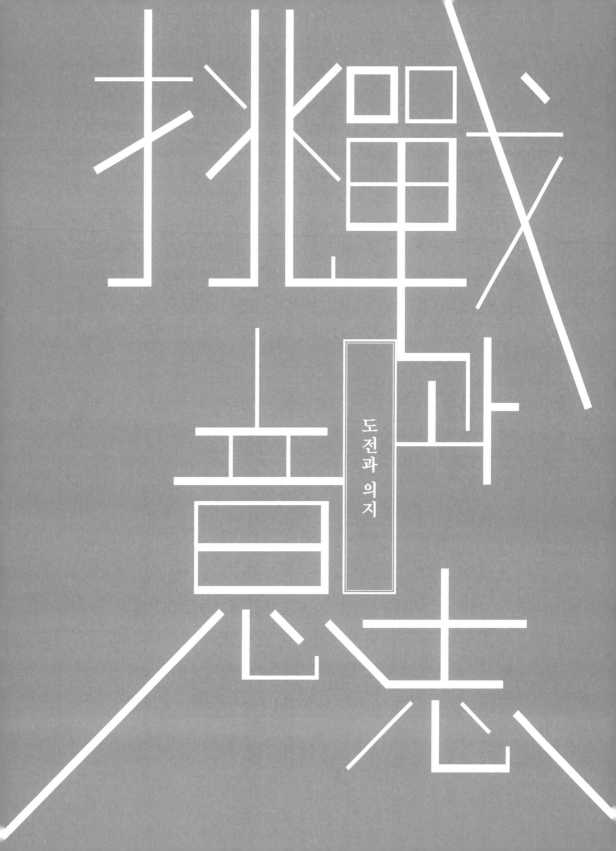

挑戰과 意志

도전과 의지

인생은 작은 배를 타고 긴 강을 항해하는 것과 같습니다. 큰 파랑이 일고 비바람이 불면 삶은 위태롭게 흔들립니다. 그럴 때 주저앉을 것인지, 앞으로 나아갈 것인지는 내 의지의 문제입니다. 환경은 바꿀 수 없으되 내 마음은 바꿀 수가 있습니다. 큰 비바람이 불 때 그 바람을 이용하여 더 빠르게 전진할 수도 있습니다. 피할 수 없다면 기꺼이 받아들이고 나아가는 것이 현명한 삶의 태도입니다.

오히려 편안함이 나를 망칠 수 있습니다. 가장 위험한 때는 가장 편안한 때입니다. 적도의 나무들은 나이테가 없는데, 워낙 좋은 환경만 지속되다 보니깐 나이테가 생기지 않는다는 것입니다. 거친 비바람을 뚫고 나이테가 하나둘 생기면서 굳센 아름드리나무가 되어 가듯이, 삶도 거친 환경을 뚫고 나아감으로써 강한 인생으로 거듭나게 됩니다.

그러니 고통과 시련은 나를 성장하게 하는 영양제입니다. 삶의 시련과 위기는 인간을 더욱 단단하게 만들고 성찰의 힘을 길러줍니다. 고난과 시련을 사랑하고 맞서나갈 때 거기에서 삶의 본질을 찾아내게 될 것입니다. 눈이 깊을수록 발자국도 깊게 새겨집니다.

인간 세상은
거대한 물결과 같고,
사람의 마음은
하나의 큰 바람과 같다네.

두려워할
만한것.

인간 세상은 거대한 물결과 같고, 사람의 마음은 하나의 큰 바람과 같다네. 우리 작은 몸이 그 속에서 이리저리 흘러가는 것은 마치 한 조각의 배가 만 리의 드넓은 물결을 떠다니는 것과 같다네. 내가 배에서 지내면서 세상 사람들을 주의 깊게 살펴보니 편안한 생활만 믿고 닥쳐올 어려움을 생각지를 못하고서 제멋대로 마음대로 살면서 불행의 끝을 생각지 못하다가 함께 물속에 빠져 가라앉아 죽게 되는 자가 많네. 당신은 어찌하여 이런 것은 두려워 않고 오히려 나를 위태롭다고 하는가?

且夫人世 一巨浸也 人心 一大風也 而吾一身之微 渺然漂溺於其中 猶一葉之扁舟 泛萬里之空濛 蓋自吾之居于舟也 祇見一世之人 恃其安而不思其患 肆其欲而不圖其終 以至胥淪而覆沒者多矣 客何不是之爲懼 而反以危吾也耶

권근, 「주옹설舟翁說」

한 어부가 강물 한가운데에서 조각배를 띄우며 지냈다. 한 길손이 그 까닭을 묻자, 어부가 대답한 말이다. 가장 위험한 때는 가장 편안할 때이다. 편안함만 믿고 닥쳐올 위험을 방심하다가는 조그만 파도에도 금세 휩쓸려 버린다. 인생은 거대한 물결을 떠다니는 한 조각의 배와 같다. 다가올 파도를 대비하며 조심조심 살아가는 것이 인생의 지혜이다.

당신이
괴로움을
당하는 이유。

하늘이 장차 어떤 사람에게 큰 임무를 맡기려 할 때는, 반드시 먼저 그의 마음과 뜻을 괴롭게 하고 그의 뼈를 수고롭게 하며 그의 육체를 굶주리고 그의 몸을 궁핍하게 만들어 그가 행하는 바를 어긋나게 한다. 이는 그의 마음을 분발하게 하고 성질을 참게 하여 그가 할 수 없는 일을 해내게 하고자 함이다.

天將降大任於是人也 必先苦其心志 勞其筋骨 餓其體膚 空乏其身 行拂亂 其所爲 所以動心忍性 曾益其所不能

『맹자孟子』

도자기는 수천 도의 고온을 견딜 때 고운
그릇이 된다. 반복되는 풀무질과 두드림을
견딜 때 강한 칼이 완성된다. 편안한 삶에
큰 인물은 없다. 시련과 인내의 과정을
견디어 낼 때 인간은 더욱 풍부하고 단단한
인생으로 빚어진다. 고통에는 깊은 뜻이
있다.

힘
있
는
자
와

강
한
자
。

산속의 적을 물리치기는 쉬우나, 마음속의 적을
없애기는 어렵다.

破山中賊易　破心中賊難

왕양명, 「양사덕설상성서楊仕德薛尙誠書」

가장 무서운 적은 내부에 있다. 산의 도둑들은 더 강한 군사를 동원하면 물리칠 수 있지만
마음속의 욕망은 없애기가 어렵다. 내 것인데 내 뜻대로 할 수 없는 것이 마음이다. 내 안의
감정을 조절하고, 욕심을 제어할 수 있는 자가 진짜로 강한 사람이다.

남을 이기는 자는 힘이 있는 사람이고, 자신을
이기는 자는 강한 사람이다.

勝人者力 自勝者强

『노자老子』

죽고자 하면
살 것이다.

"병법에 말하기를 '반드시 죽고자 하면 살고 반드시 살고자 하면 죽는다' 했다. 또 '한 사람이 길목을 지키면, 천 사람도 두렵게 할 수 있다' 했다. 이는 지금 우리를 말하는 것이다. 너희 각 장수는 살려는 생각을 하지 마라. 조금이라도 명령을 어기면 군법으로 다스릴 것이다." 재삼 엄중히 약속했다.

兵法云 必死則生 必生則死 又曰 一夫當逕 足懼千夫 今我之謂矣 爾各諸 將 勿以生爲心 小有違令 卽當軍律 再三嚴約

이순신, 『난중일기亂中日記』 1597년 9월 15일

이순신 장군이 명량해전을 하루 앞둔 날, 부하 장수들을 불러 놓고 훈계한 말이다. 삶에는 누구나 절망의 순간이 있다. 사방을 둘러봐도 손잡아 줄 이웃은 보이지 않고 절벽 끝에 서 있는 것만 같다. 주저앉자니 두렵고 앞뒤로는 희망이 보이지 않는다. 매우 위험하고 고통스런, 그야말로 백척간두에 선 상황이다. 그럴 때 이순신은 한발 앞으로 내딛었다. 죽기를 각오하자 그의 앞에는 죽음이 아닌 승리가 있었다.

노력할 뿐.

세상에는 참으로 노력하여 올라가도 미치지 못하는 자가 있다. 그러나 나는 노력하지도 않으면서 능히 미치는 자를 보지 못했다. 그러므로 행하느냐 행하지 못하느냐 하는 것은 능력이고, 끝까지 도달하느냐 못하느냐 하는 것은 운명이다. 운명에 대해서야 내가 어떻게 할 수 있는가? 다만 노력할 수 있는 것에 대해서 노력할 뿐이다.

世固有企而不及者　吾未見不企而能及也　是以行不行力也　至不至命也　將於命何哉　就其所勉而勉焉而已也

이익, 「중용질서서中庸疾書序」

아무리 아등바등 애써도 이룰 수 없는 일이 있다. 바라는 바를 성취하느냐, 그러지 못하느냐는 각자에게 주어진 복이다. 그러나 해보지도 않고 이루어지는 일은 없다. 시도하지 않으면 아무 일도 일어나지 않는다. 힘써 노력하느냐 그냥 포기하느냐는 내 의지에 달렸다. 성취하느냐 아니냐는 운명이지만 내 의지로 할 수 있는 일에 대해서는 힘써 노력할 뿐이다.

태산(太山)의 정상에서
다시 태산을 찾아,
바라고 또 바라기를

일정한 단계에 도달한 후에도 오히려 스스로 자만하지 않는 마음을 가져, 백척간
두(百尺竿頭)에서 또 한 걸음 나아가고 태산(太山)의 정상에서 다시 태산을 찾
아, 바라고 또 바라기를 아직 보지 못한 듯이 힘껏 노력하다가 죽은 후에야 그만
둘 것을 목표로 삼아야 한다.

盈科之後 猶有不自滿假之心 百尺竿頭 又進一步 太山頂上 更尋太山 望
之又望 若未之見焉 矻矻斃而後已 以是爲期

정조, 「추서춘기鄒書春記」

백척간두는 백 척 되는 장대 끝에
아슬아슬하게 서 있는 것이다. 조금만
움직여도 추락하는 위태로운 상황이다.
꼼짝 않고 있을 것인가. 그러나 모든
두려움을 내던지고 한발 내딛는 순간
새로운 세계가 열린다. 그 자리에서
안주하면 더 이상의 진보는 없다. 한발
앞으로 내딛어야 진리의 세계로
나아갈 수 있다.

내
발걸음의
무게。

눈 밟고 들길 갈 때 함부로 걷지 말자. 오늘 내가
남긴 자국은 마침내 뒷사람의 길이 된다.

踏雪野中去 不須胡亂行 今日我行跡 遂作後人程

김구, 「좌우명座右銘」

눈발을 뚫고 들판 길 걸어가노니	穿雪野中去
어지럽게 함부로 걷지 말자	不須胡亂行
오늘 내가 남긴 발자국이	今朝我行跡
마침내 뒷사람의 길이 된다	遂作後人程

이양연, 「야설野雪」

루쉰은 말한다. "땅 위에는 본래 길이 없었다. 걸어가는 이가 많아지면 그것이 곧 길이 된다." 길은 처음부터 있지 않다. 덤불을 헤치고 통로를 내면 뒤의 사람이 따라가고, 많은 사람이 뒤따르다 보면 어느새 길이 된다. 내가 걸어간 길 위의 발자국, 내 지인과 가족들은 사랑스러워할까, 부끄러워할까.

편안함의 독.

이보게! 그대는 이 점을 생각해 보게. 대체로 인간의 마음은 한결같지 않고 변덕스러워서 평탄한 길만 걸으면 나태해져 제멋대로 되고, 위험한 처지에 놓이면 두려워 쩔쩔맨다네. 두려워 쩔쩔매면 조심하게 되어 마음을 굳게 지키지. 그러나 나태해져 제멋대로 살면 반드시 방탕해져 몸을 망치게 되네. 나는 차라리 위험한 곳에 있으면서 늘 조심할지언정 나태하게 지내며 스스로를 망가뜨리지 않으려네.

噫噫 客不之思耶 夫人之心 操舍無常 履平陸 則泰以肆 處險境 則慄以惶 慄以惶 可儆而固存也 泰以肆 必蕩而危亡也 吾寧蹈險而常儆 不欲居泰以自荒

권근, 「주옹설舟翁說」

삶이 편안하면 방심하고, 방심하면 게을러진다. 그러나 시련이나 위기가 닥치면 스스로 조심하는 가운데 강한 사람으로 빚어진다. 온실 속에서 자란 화초보다 위험이 도사리는 야생에서 자란 화초가 더 강인하고 생명력이 질긴 법이다. 편안하면서 방심하기보다 위태로우면서 스스로 지키는 것이 낫다.

뜻이 커야지.

먼저 그 뜻을 크게 가져라. 성인을 모범으로 삼아서 털끝만큼도 성인에 미치지 못하면 내 일은 끝마치지 못한 것이다.

先須大其志 以聖人爲準則 一毫不及聖人 則吾事未了

이이, 「자경문自警文」

율곡 이이가 스스로를 경계하며 지은
「자경문」 가운데 첫 번째 조목이다. 세상엔
나보다 능력이 뛰어난 자가 많다. 하지만
그에게 미칠 수 없다고 한계를 미리 지을
필요는 없다. 미리 한계를 긋게 되면 발전도
없고 성취도 없다. 뛰어난 성인을 목표로
삼아 그 수준을 따라가려고 분발할 때
일정한 경지에 이를 수 있다.

미친 자만이 이룰 수 있다.

벽(癖)이 없는 사람은 버림받은 자이다. 벽이란 글자는 질병과 치우침으로 구성되어 편벽된 병을 앓는다는 의미이다. 벽이 편벽된 병을 의미하지만, 고독하게 새로운 세계를 개척하고, 전문의 기예를 익히는 자는 벽을 가진 사람만이 가능하다.

人無癖焉 棄人也已 夫癖之爲字 從疾從辟 病之偏也 雖然 具獨往之神 習
專門之藝者 惟癖者能之

박제가, 「백화보서百花譜序」

벽(癖) 자는 병질 엄(疒)과
치우칠 벽(辟)으로 이루어졌다.
벽은 오늘날의 마니아와 비슷한 말이다.
벽을 가진 사람은 무언가를 지나치게
좋아해서 거기에만 매달린다. 이들은
한쪽으로 치우쳐 있어서 사회와 어울리지
못한다. 그러나 오로지 매달린 결과 누구도
따라오지 못하는 자신만의 세계를 만들어
낸다. 적당히 즐기는 자는 아무것도 창조해
내지 못한다.

옛것을 고쳐 스스로 새롭게 하라. 이 말을 실천
하지 않는다면 너는 너 자신을 버린 것이다.

革舊自新 不踐斯語 汝棄汝身

김휴, 「자경잠自警箴」

구태(舊態)와 구습(舊習)은 발전을
가로막는 장애물이다. 묵은 때는 깊숙이
스며들어 씻기가 어렵다. 인간은 어제의
나와 오늘의 나가 다르고, 끊임없이
스스로를 바꾸어갈 때 성장한다. 고인 것을
흘려버려야 새것을 맞이할 수 있다. 예전의
게으른 습관, 방탕한 태도, 선입견은 성취를
가로막는 큰 적이다. 새롭지 않으면 내
자신을 버린 것이다.

백
번
천
번
。

남이 한 번에 능숙하면 나는 백 번을 하고, 남이 열 번에 능숙하면 나는 천 번을 한다. 과연 이 방법을 해낼 수 있다면 아무리 멍청해도 반드시 똑똑해질 것이고, 아무리 나약해도 반드시 강해질 것이다.

人一能之 己百之 人十能之 己千之 果能此道矣 雖愚 必明 雖柔 必强

『중용中庸』

네 마당

배우지 않으면 위험하다

배움의 즐거움

조선 후기의 시인 이덕무는 스스로를 간서치(看書癡), 즉 책벌레라고 불렀습니다. 오직 책 보는 것만 좋아해서 굶든지 병들든지 가리지 않고 책만 읽었습니다. 그는 가난해서 비좁은 단칸방에서 살았는데, 햇빛이 들지 않아 어두운 탓에, 작은 창문에 해가 비치면 해가 비치는 방향을 따라가며 글을 읽곤 했습니다.

조선 중기의 시인인 김득신은 『사기』의 「백이전」을 1억 1만 3천 번 읽었습니다. 옛날에 1억은 오늘날의 10만입니다. 그래서 오늘날로 치면 11만 3천 번입니다. 그가 평생 1만 번 이상 읽은 책이 36편이 넘는다고 합니다. 그러면서, "재능이 남만 못하다고 스스로 한계 긋지 말라. 나처럼 머리 나쁜 사람도 없겠지만 끝내 성취할 수 있었다. 모든 것은 힘써 노력하는 데 달려 있을 뿐이다."라고 말합니다.

그렇기는 하나 잘 배우는 것도 중요합니다. 맹자는 "책을 완전히 믿는 것은 책이 없느니만 못하다."라고 이야기합니다. 책을 읽고 깊이 생각하지 않으면 얕은 지식만 갖춘 고루한 사람이 됩니다.

잘 배운다는 것은 잘 의심하는 것입니다. 당연한 것은 하나도 없습니다. 세상엔 다양한 삶의 방식이 있고 수많은 진실이 있습니다. 연암 박지원은『천자문』에 대해 왜 하늘이 검다고 가르치느냐고 따집니다.『천자문』은 하늘 천(天), 땅 지(地), 검을 현(玄), 누를 황(黃)으로 시작하는데, '하늘은 검고 땅은 누르다'는 뜻입니다. 의문을 품는다는 것은 '왜?'를 묻는 것입니다.

책을 읽지 않으면.

선비가 한가로이 지내며 일이 없을 때 책을 읽지 않는다면 다시 무엇을 하겠는가? 그렇지 않게 되면 작게는 쿨쿨 잠자거나 바둑 장기를 두게 되고, 크게는 남을 비방하거나 재물과 여색에 힘 쏟게 된다. 아아! 나는 무엇을 할까? 책을 읽을 뿐이다.

士君子閑居無事 不讀書復何爲 不然 小則昏睡博奕 大則訕謗人物經營財色 嗚呼 吾何爲哉 讀書而已

이덕무, 「이목구심서耳目口心書」

조선 후기 실학자 이덕무는 스스로를 책만 보는 바보, 즉 간서치(看書癡)라고 불렀다. 그는 책 보는 것만 좋아해서 춥든지 덥든지, 굶든지 병들든지 오로지 책만 읽었다. 글을 읽다가 새로운 깨달음을 얻으면 벌떡 일어나 왔다 갔다 하며 깍깍 소리를 질렀다고 한다. 책을 읽는다는 것은 그 자체가 삶의 활력소이자 인간답게 만드는 힘이다.

106

배우기만 하고 생각하지 않으면 얻는 것이 없고,
생각하기만 하고 배우지 않으면 위험하다.

學而不思則罔 思而不學則殆

『논어論語』

맹자는 '책을 완전히 믿는 것은 책이
없느니만 못하다.'고 했다. 생각 없이 달달달
외우기만 하면 차라리 안 읽느니만 못하다.
반면 자기만의 생각에 빠져 앞선 사람의
경험이나 지혜를 받아들이지 않으면 자기
고집만 늘어난다. 배운 것을 스스로 깊이
생각할 때 참된 배움에 이른다.

집이 가난하더라도 가난 때문에 배움을 포기해
서는 안 되고 집이 부유해도 부자임을 믿고 배움
을 게을리해서는 안 된다. 가난하면서 부지런히
배우면 출세할 수 있고 부유하면서 부지런히 배
우면 이름이 더욱 빛날 것이다.

家若貧 不可因貧而廢學 家若富 不可恃富而怠學 貧若勤學 可以立身 富若
勤學 名乃光榮

『명심보감明心寶鑑』

배움의 때 1.

오늘 배우지 않고서 내일이 있다고 말하지 말며 올해 배우지 않고서 내년이 있다
고 말하지 말라. 해와 달은 지나가고 세월은 나를 위해 천천히 가지 않는다. 아,
늙었구나. 이 누구의 허물인가? 소년은 늙기 쉽고 학문은 이루기 어려우니, 잠시
라도 시간을 가볍게 여기지 말라.

勿謂今日不學而有來日 勿謂今年不學而有來年 日月逝矣 歲不我延 嗚呼
老矣 是誰之愆 少年易老學難成 一寸光陰不可輕

주자, 「권학문勸學文」

일생의 계획은 어릴 때에 있고 일 년의 계획은 봄에 있으며 하루의 계획은 새벽에 있다. 어려서 배우지 않으면 늙어서 아는 것이 없고 봄에 밭 갈지 않으면 가을에 바랄 것이 없으며 새벽에 일어나지 않으면 하루를 다스릴 수가 없다.

一生之計 在於幼 一年之計 在於春 一日之計 在於寅 幼而不學 老無所知
春若不耕 秋無所望 寅若不起 日無所辦

『명심보감明心寶鑑』

꽃은 다시 피는 날이 있지만 　　　　　　花有重開日

사람은 다시 젊어질 수 없다 　　　　　　人無更少年

밝은 날 헛되이 보내지 말라 　　　　　　白日莫虛送

청춘은 다시 돌아오지 않으니 　　　　　　靑春不再來

『추구推句』

이덕무는 다음과 같이 한탄했다. "정신은 쉬 소모되고 세월은 빨리 지나가 버린다. 하늘과 땅 사이에 가장 애석한 일은 오직 이 두 가지뿐이다." 꽃은 져도 봄이면 다시 피지만 한번 흘러간 세월은 다시 오지 않는다. 후회함이 적도록 오늘 하루를 의미 있게 살자.

방법. 단 한 가지

배움의 길에는 다른 방법이 없다. 모르는 것이 있으면 길 가는 사람을 붙잡고라
도 물어 보아야 한다. 어린아이 종일지라도 나보다 한 글자라도 많이 알면 잠시
라도 배워야 한다. 자신이 남만 못하다고 부끄럽게 여겨 자신보다 나은 사람에게
묻지 않는다면 평생토록 스스로를 고루한 데에 가두는 것이다.

學問之道無他 有不識 執塗之人而問之可也 僮僕多識我一字姑學 汝恥己
之不若人 而不問勝己 則是終身自錮於固陋

박지원, 「북학의서北學議序」

공자는 말했다. "아는 것을 안다고 하고,
모르는 것을 모른다고 하는 것, 이것이
아는 것이다." 소크라테스는 자신이
다른 현자보다 나은 점이 모르는 것을
모른다고 생각하는 것이라 했다. 모르는
것이 부끄러운 것이 아니라, 모르는 것을
아는 척하는 것이 부끄러운 것이다.
불치하문(不恥下問)! 아랫사람에게 묻는
것은 부끄러운 일이 아니다.

크
게

의
심
하
라
.

큰 의심이 없는 자는 큰 깨달음이 없다. 의심을 품고 말을 얼버무리기보다는 자세히 묻고 분별을 구하는 것이 좋다. 낯빛을 따라 구차스레 비위를 맞추기보다는 차라리 말을 다하고 함께 돌아가는 것이 낫다.

無大疑者無大覺　與其蓄疑而含糊　何如審問而求辨　與其面從而苟合　無寧
盡言而同歸乎

홍대용, 「미상기문渼上記聞」

오류는 쉽게 드러나지만 진리는 깊이
감추어져 있다. 손쉽게 얻은 진리는 가짜일
가능성이 높다. 나의 진리는 내 경험의
틀로 바라본 나만의 진실일 뿐이다. 내가
굳게 믿는 정보와 지식을 의심할 때 비로소
새로운 진실이 열린다. 항상 "왜?"라고 물을
수 있어야 한다.

첫째, 외우는 데 민첩하면 그 폐단이 소홀한 데 있다. 둘째, 글짓기에 날래면 그 폐단이 가벼운 데 있다. 셋째, 깨달음이 재빠르면 그 폐단은 거친 데 있다. 둔한 데도 뚫는 사람은 그 구멍이 넓어지고, 막힌 것을 트게 하는 자는 그 흐름이 성대해진다. 답답한데도 연마하는 사람은 그 빛이 반짝반짝 빛나게 된다. 뚫는 것은 어떻게 해야 할까? 부지런해야 한다. 틔우는 것은 어떻게 하나? 부지런해야 한다. 연마하는 것은 어떻게 할까? 부지런해야 한다. 네가 어떻게 부지런해야 할까? 마음을 굳게 잡아야 한다.

一敏於記誦 其弊也忽 二銳於述作 其弊也浮 三捷於悟解 其弊也荒 夫鈍而鑿之者 其孔也闊 滯而疏之者 其流也沛 戞而磨之者 其光也澤 曰鑿之奈何 曰勤 曰疏之奈何 曰勤 磨之奈何 曰勤 曰若之何其勤也 曰秉心確

황상, 「임술기壬戌記」

다산 정약용이 강진으로 유배 가서 제자들을 가르칠 때, 소년 황상이 있었다. 그에게 학문을 권하자, 황상은 머뭇머뭇하며 자신은 둔하고 막혔으며, 딥딥한 단점이 있다고 고백한다. 이에 다산은 '세 번 부지런하라는 가르침'인 삼근계(三勤戒)의 교훈을 들려주었다. 머리는 결코 노력을 이기지 못한다.

스승의 조건。

옛날의 배우는 자는 반드시 스승이 있었으니, 스승은 진리를 전해 주고 학업을 전수하며 의혹을 풀어 주는 사람이다. 사람이 나면서부터 아는 자가 아닐진대 누가 의혹됨이 없겠는가? 의혹이 있어도 스승을 따르지 않으면 그 의혹됨은 끝내 풀리지 않게 된다. 내 앞에 태어나 그 진리를 들음이 진실로 나보다 앞서면 나는 좇아서 그를 스승 삼고 내 뒤에 태어났더라도 그 진리를 들음이 또한 나보다 앞서면 나는 좇아서 그를 스승 삼겠다. 나는 진리를 스승 삼을 것이니 무릇 어찌 그 나이가 나보다 앞뒤로 태어나는 것을 알 필요가 있겠는가? 그러므로 귀함도 천함도 따질 것 없고, 나이의 많고 적음도 따질 것 없다. 도가 있는 곳이 스승이 있는 곳이다.

古之學者 必有師 師者 所以傳道授業解惑也 人非生而知之者 孰能無惑 惑而不從師 其爲惑也 終不解矣 生乎吾前 其聞道也 固先乎吾 吾從而師之 生乎吾後 其聞道也 亦先乎吾 吾從而師之吾師道也 夫庸知其年之先後生於吾乎 是故 無貴無賤 無長無少 道之所存 師之所存也

한유,「사설師說」

물
이

오
래

흐
르
면
。

나무가 오래 자라면 반드시 바위 골짜기에 우뚝 서고 물이 오래 흐르면 반드시
바다에 이른다. 사람의 배움도 이와 같다. 오래 힘쓰고 중도에 그치지 않으면 반
드시 성취에 이른다.

木之生久 則必聳于巖壑 水之流久 則必達于溟渤 人之於學亦然 久而不已
則必至于有成

하륜, 「명자설名子說」

하륜은 자식에게 구(久)라는 이름을 지어 줌으로써 시련이나 고난이 오더라도 포기하지 말고
쉼 없이 노력하라는 당부를 담았다. 인생은 이름대로 흘러가므로 이름의 의미를 잘 새겨야 한다.

124

인생의 단 한 사람을 얻는다면

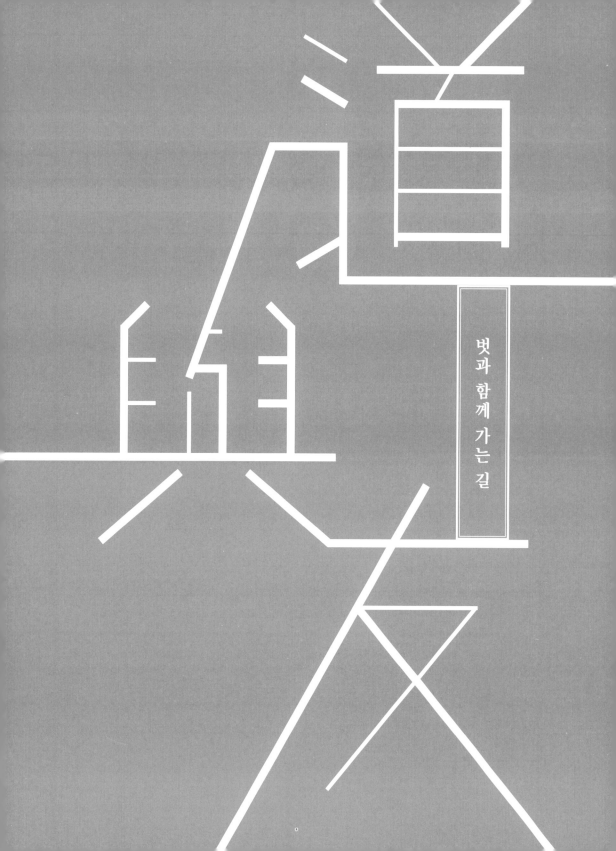

道 與 友

벗과 함께 가는 길

사람들은 새것을 좋아하지만 오래되어 좋은 것도 있습니다. 포도주와 장맛이 대표적입니다. 하지만 오랠수록 좋은 것에 친구만 한 것이 없습니다. 친구(親舊)는 '가까이 두고 오래 사귄 사람'이란 뜻입니다. 사랑은 한순간의 교감만으로도 활짝 타오르지만 우정은 오랜 시간을 견딤으로써 만들어지는 묵은 관계입니다. 그래서 사랑은 설레지만 불안하고 우정은 익숙하지만 편안합니다. 인디언말로 친구는 '내 슬픔을 자기 등에 지고 가는 자'란 뜻입니다.

예전엔 친구를 붕우(朋友)라고 불렀습니다. 붕(朋)의 어원은 새의 양날개란 뜻이고 우(友)의 어원은 사람의 양손이란 뜻입니다. 새의 날개, 사람의 양손과 같이 친구는 하나가 없어지면 나머지가 소용이 없는 관계입니다. 그만큼 친구가 소중하다는 뜻이지요.

하지만 마음에 맞는 친구를 얻기란 참 어렵습니다. 같은 시대, 같은 공간에서 태어났다는 사실만으로도 엄청난 인연임에도, 나이를 따지고 신분을 따지고 지역을 따지고 빈부를 따지느라 가까운 관계를 맺지 못합니다.

연암 박지원은 친구 사귐에 대해 다음과 같이 말합니다. "훌륭한 사귐은 꼭 얼굴을 맞대야 할 필요는 없으며 좋은 벗은 가깝고 먼 것이 문제가 아니다. 다만 마음으로 사귀고 그 사람의 인격을 보고 사귈 뿐이다." 참된 사귐은 외적인 배경을 따지지 않습니다. 마음이 맞으면 좋은 친구가 될 수 있지요. 아름다운 시절에 마음이 통하는 친구를 만나 허물없는 대화를 나눌 수 있다면 얼마나 행복한 일일까요? 그런 일은 일생에 몇 번일까요? 그런 친구가 그립습니다.

한
사
람
의

벗
을
얻
는
다
면
。

내가 만약 한 사람의 지기(知己)를 얻는다면 이렇게 하겠다. 10년 동안 뽕나무를 심고 1년 동안 누에를 길러 직접 오색실을 물들인다. 10일에 한 가지 빛깔을 완성한다면 50일이면 다섯 가지 빛깔을 완성하게 된다. 이를 따뜻한 봄날의 햇볕에 말려서 아내로 하여금 단련한 바늘로 내 친구의 얼굴을 수놓게 한 다음 특별한 비단으로 장식하고 옥으로 축을 만들 것이다. 이것을 가지고 우뚝 높은 산과 드넓게 흐르는 강물의 사이에 걸어 놓고 말없이 바라보다가 해질 무렵에 돌아오겠다.

若得一知己 我當十年種桑 一年飼蠶 手染五絲 十日成一色 五十日成五色 曬之以陽春之煦 使弱妻 持百鍊金針 繡我知己面 裝以異錦 軸以古玉 高山峨峨 流水洋洋 張于其間 相對無言 薄暮懷而歸也

이덕무, 「선귤당농소蟬橘堂濃笑」

가까이 두고 오래 사귄 사람. 친구(親舊).
친구란 인디언말로 '내 슬픔을 자기 등에
지고 가는 사람'이다. 그런 친구 한 사람만
얻을 수 있다면 친구의 얼굴을 새겨 가장
소중하게 간직하리라.

딴소리만 하는 친구의 속뜻.

가난한 선비가 돈을 꾸러 와서 좀체 입을 열지 못하고서 묻는 말에 끄덕끄덕 답하며 딴소리만 한다. 내가 가만히 그 난처한 뜻을 헤아리고 사람 없는 곳으로 데려가 얼마나 필요한지 묻고 급히 방으로 들어가 필요한 돈을 주었다. 그런 뒤에 그 일이 반드시 지금 당장 급히 돌아가 처리해야 할 일인가, 혹 조금 더 머물면서 함께 술을 마실 수는 없는가 하고 물었다. 또한 통쾌하지 아니한가.

寒士來借銀　謂不可啓齒　于是唯唯　亦說他事　我窺見其苦意　拉向無人處
問所需多少　急趨入內　如數給與　然後問其必當速歸料理是事耶　爲尙得少
留飮酒耶　不亦快哉

김성탄, 『쾌설快雪』

술잔을 기울이며 손을 맞잡는다고 친한
친구가 되는 것은 아니다. 어려운 사정을
말하려 하니 지레 먼저 자기의 어려움을
호소하는 벗과 차마 말하지 못해도 먼저
사정을 헤아려 물어 보는 벗, 두 종류의
벗에서 사귐의 깊고 얕음이 드러난다.

한
가
지
마
음
。

두 가지 마음이면 한 사람도 얻을 수 없지만, 한 가지 마음이면 백 사람을 얻을 수 있다.

兩心不可得一人 一心可得百人

『회남자淮南子』

배경이나 조건에 따라 다른 마음으로 사람을 대한다면 있던 친구마저 잃는다. 한결같은 마음으로 차별 없이 대한다면 많은 친구가 따를 것이다.

가난한 날의 사귐.

가난한 날의 사귐을 이른바 가장 좋은 벗이라고 합니다. 자질구레하고 시시콜콜한 관계라서 그런 것인가요? 또 필경 우연히 행운으로 얻은 관계라서 그렇게 말하는 것인가요? 처한 사정이 같다보니 직업이나 지위를 따져 볼 필요가 없고, 걱정거리가 같다보니 어렵고 힘든 상황을 잘 알기에 말하는 것일 뿐입니다. 손을 꽉 잡고 괴로움을 위로해 줄 땐 반드시 밥을 잘 챙겨 먹는지, 추위에 고생하지는 않은지를 먼저 묻고 나서 집안의 사는 형편을 묻습니다. 그러면 말하지 않으려 했어도 저절로 말하게 되니 친구의 처지를 진심으로 슬퍼해 주는 마음에 감격하여 그렇게 되는 것입니다. 어찌하여 예전엔 남에겐 꺼내기 너무나 힘들었던 사정도 지금은 줄줄줄 입에서 곧바로 거침없이 쏟아져 나와 말문을 막을 수가 없게 되는 것일까요? 때로는 친구 집 문을 휙 열고 들어가 안부를 묻고 나서 하루 종일 한마디도 없이 베개를 청해 한잠 푹 자고 가 버리기도 합니다. 오히려 다른 사람과 십 년간 사귀며 나눈 대화보다 낫지 않습니까? 그 이유는 다른 데 있지 않습니다. 사귐에 마음이 맞지 않으면 아무리 많은 말을 나누어도 말하지 않은 것과 똑같습니다. 벗을 사귐에 벽이 없다면 비록 서로가 묵묵히 서로 할 말을 잊더라도 괜찮은 것입니다. 이런 격언이 있지요. '흰머리가 되도록 오래 사귄 친구라도 서먹서먹하기도 하고, 잠깐 말을 나눈 사람이라도 오랜 친구 같다.' 바로 이런 경우를 말하는 것이 아닐까요?

뒤 페이지로 계속

가 사
난 귐
한 。
날
의

夫窮交之所謂至友者 豈其瑣細鄙屑而然乎 亦豈必僥倖可得而言哉 所處同
故無形迹之顧 所患同 故識艱難之狀而已 握手勞苦 必先其飢飽寒煖 問訊
其家人生産 不欲言而自言者 眞情之惻怛而感激之使然也 何昔之至難言者
今之信口直出而沛然 莫之能禦也 有時乎入門長揖 竟日無言 索枕一睡而
去 不猶愈於他人十年之言乎 此無他 交之不合 則言之而與不言同 其交之
無間 則雖默然兩相忘言 可也 語云 白頭而新 傾蓋而故 其是之謂乎

박제가,「송백영숙기린협서送白永叔基麟峽序」

박제가가 처남이자 친구인 백동수를 위해
쓴 편지이다. 친구가 가난을 견디지 못하고
강원도 산골짝으로 이사를 떠나자 그를
송별하며 써 준 글이다. 어려움을 함께 나눈
사이일수록 끈끈하고 돈독한 정이 생긴다.
처한 사정을 잘 알기에 서로를 공감한다.
공감(sympathie)의 어원은 '함께 고통을
겪다'는 뜻이다.

138

지극한 즐거움。

마음에 꼭 드는 시절을 맞아 마음에 꼭 맞는 친구를 만나서 마음에 꼭 맞는 말을
나누며 마음에 꼭 드는 글을 읽으면, 이것이야말로 지극한 즐거움인데 그런 일이
어찌도 적은가. 일생 동안 몇 번쯤이나 될까.

值會心時節　逢會心友生　作會心言語　讀會心詩文　此至樂　而何其至稀也
一生凡幾許番

이덕무,「선귤당농소蟬橘堂濃笑」

천금(千金)은 얻기 쉽지만 지기(知己)는
찾기 어렵다는 말이 있다. 술친구는
많을지언정 마음에 꼭 맞는 친구를 얻기란
쉽지가 않다. 자라 온 환경이 다르고,
생각이 다르고, 좋아하는 바가 다른 것이다.
지음(知音)이 있다면 인생은 훨씬 덜
외로우리라.

좋은 사람과
함께한다는 것.

배우기를 좋아하는 사람과 같이 가는 것은 안개 속을 가는 것과 같아서 비록 옷이 젖지는 않지만 촉촉하게 된다. 무식한 사람과 같이 가는 것은 뒷간에 앉아 있는 것과 같아서 비록 옷은 더럽히지 않지만 때때로 악취가 난다.

與好學人同行 如霧露中行 雖不濕衣 時時有潤 與無識人同行 如廁中坐 雖不汚衣 時時聞臭

『명심보감明心寶鑑』

오래된 벗의
소중함.

새로운 친구와 교제하기보다 옛 벗과 우정을 돈독히 함이 좋다. 새로운 사람에게 은혜를 베푸느니 묵은 빚을 갚는 것이 낫다.

與其結新知 不若敦舊好 與其施新恩, 不若還舊債

진계유, 『암서유사岩栖幽事』

사랑은 새로울수록 강렬하지만 우정은
오랠수록 친밀해지고 깊어진다. 친구는
오랜 시간을 견뎌냄으로써 만들어지는
묵은 관계이다. 꼭 새로운 것만이 좋은 것은
아니다. 친구와 은혜는 오랠수록 좋다.

제
2
의
나
。

나의 친구는 남이 아니라 나의 절반이자 제2의 나이다. 그러므로 마땅히 친구를
나처럼 여겨야 한다. 친구와 나는 비록 두 몸이지만, 두 몸 안에 마음은 하나일
뿐이다.

吾友非他 卽我之半 乃第二我也 故當視友己焉 友之與我 雖有二身 二身
之內 其心一而已

마테오리치, 『교우론交友論』

예전엔 친구를 붕우(朋友)라고 했다.
붕(朋)은 날개 우(羽)에서 유래했고
우(友)는 사람의 양손을 뜻한다. 곧 붕우는
새에게 두 날개가 있고 사람에게 두 손이
있는 것과 같이 하나가 없어지면 나머지가
정상적으로 존재할 수 없는 관계이다.
그러므로 친구는 제2의 나이다. 이 구절은
마테오리치의 『교우론』에 나오는 첫 번째
구절이다. 『교우론』은 중국어로 번역된 뒤
조선 사회에 유입되어 조선의 선비들에게
신선한 충격을 안겨 주었다.

친구가 없다고 탄식할 것 없이 책과 함께 노닐면 된다. 책이 없으면 구름과 놀이 내 친구고, 구름과 놀이 없으면 하늘을 나는 갈매기에 내 마음을 붙이면 된다. 나는 갈매기가 없으면 남쪽 마을의 홰나무를 바라보며 친구 삼아도 되고 잎 사이의 귀뚜라미도 구경하며 즐길 수 있다. 무릇 내가 사랑해도 그 시기하거나 의심하지 않는 것은 모두 나의 좋은 친구이다.

不須歎無友 書帙堪輿遊 無書帙 雲霞吾友也 無雲霞 空外飛鷗可托吾心 無飛鷗 南里槐樹 可望而親也 萱葉間促織 可玩而悅也 凡吾所愛之 而渠不猜疑者 皆吾佳朋也

이덕무, 「선귤당농소蟬橘堂濃笑」

교감할 수만 있다면 세상 모든 존재가 내 친구가 될 수 있다. 하늘의 별, 아양 떠는 고양이, 느림보 달팽이, 무서운 악어, 뒤뜰의 진달래, 모든 것이 나의 친구이다. 사람은 의심하고 시기하지만 사물은 나를 의심하지 않는다.

나의 벗, 나.

눈 온 날 새벽, 비 내리는 저녁에 좋은 벗이 오질 않으니 누구와 더불어 이야기를 나눌까나? 시험 삼아 내 입으로 읽으니 이를 듣는 것은 나의 귀였다. 내 팔로 글씨를 쓰니 이를 감상하는 것은 내 눈이었다. 내가 나를 벗으로 삼노니, 다시 무엇을 원망하랴!

雪之晨 雨之夕 佳朋不來 誰與晤言 試以我口讀之 而聽之者我耳也 我腕書之 而玩之者我眼也 以吾友我 復何怨乎

이덕무, 「천애지기서天涯知己書」

고독하지 않다면 어찌 삶의 심연을
들여다볼 수 있으며 무언가를 절실히 바랄
수 있겠는가? 그러니 내 자존의식을 붙들고
홀로 인생길을 가는 것이다. 나는 내게
속했고 나는 나를 벗 삼는다.

여섯 마당

용은 말똥구리를 비웃지 않네

고독과 자족

인생은 외롭습니다. 좋았던 관계가 괜한 오해로 틀어졌을 때, 누구도 손 내미는 이 없다는 막막함이 밀려올 때, 삶은 참으로 외롭습니다. 때로는 사랑하는 이가 옆에 있어도 외롭습니다. 김태준은 「고독」에서, 아내와 아기가 옆에 있되 멀리 친구를 생각하는 것도 인생의 외로움이요, 오래 그리던 친구를 만났으되 그 친구가 도리어 귀찮음도 인생의 외로움이라고 했습니다. 외로운 세상에 질병으로 고통 받고 먹고사는 일에 쫓겨 사느라 쉬지도 못하고 살아갑니다. 어찌해야 이 외롭고 힘든 세상을 잘 살아갈 수 있을까요?

외로움은 극복되지 않습니다. 그저 견디는 것이죠. 그러니 잘 견디는 법을 배워야 합니다. 옛 사람들은 홀로됨을 사랑하고 자신을 벗 삼았습니다. 남의 눈치를 보며 기웃거리거나 남을 따라 휩쓸리지 않고 자신에게 당당하며 기꺼이 홀로 걸어갔습니다. 박쥐를 보세요. 박쥐는 새도 아니고 짐승도 아닙니다. 다만 박쥐일 뿐입니다. 굳이 새의 무리에 낄 이유도 없고 짐승의 무리에 낄 이유도 없습니다. 다만 박쥐면 족합니다. 이 당당함이 나를 지키며 나아가게 합니다.

그리고 옛 사람들은 자족(自足)할 줄 알았습니다. 자족은 만족과 다릅니다. 만족이 조건이 충족되었을 때 느끼는 감정이라면 자족은 어떠한 상황이든지 상관없이 긍정하는 삶의 태도입니다. 인생은 내가 가진 것에 족하고 감사하면 그뿐, 우리는 내가 태어났다는 사실만으로도 기적인 삶을 살아가고 있는 것이 아닐까요?

세월은 사람을 기다리지 않네.

인생은 뿌리도 꼭지도 없이	人生無根蔕
길 위의 먼지처럼 떠다니는 것	飄如陌上塵
나뉘어 흩어져 바람 따라 굴러다니니	分散逐風轉
이는 변함없는 몸이 아니라네	此已非常身
태어나면 모두 형제 되는 것	落地爲兄弟
어찌 꼭 한 핏줄이어야 하리	何必骨肉親
기쁠 때는 응당 즐겨야 하니	得歡當作樂
한 말 술로 이웃과 어울려 보네	斗酒聚比隣
젊은 날은 다시 오지 않고	盛年不重來
하루에 새벽은 두 번 오지 않네	一日難再晨
젊을 때 마땅히 힘쓰라	及時當勉勵
세월은 사람을 기다리지 않느니	歲月不待人

도연명, 「잡시雜詩」

세월은 나를 위해 기다려 주지 않는다. 어영부영 하는 사이 세월은 덧없이 흘러만 간다. 영국의 극작가 버나드 쇼의 묘비명에는 다음 문구가 쓰여 있다. "우물쭈물하다 내 이럴 줄 알았다."

156

죽
음
이
우
리
에
게
가
르
치
는
것들。

삶에 반드시 죽음이 있는 것은 낮이 있으면 반드시 밤이 있는 것과 같다. 한번 죽으면 다시 살 수 없는 것은 가 버리면 다시 돌아올 수 없는 것과 같다. 살기를 원하지 않는 사람은 없으나 끝내 오래 살게 할 수는 없고, 가 버리는 것을 슬퍼하지 않는 사람은 없으나 끝내 가지 않도록 멈추게 할 수는 없다. 오래 살게 할 수 없다면 삶을 원하지 않아도 된다. 가 버리지 않게 할 수 없다면 가 버리는 것을 슬퍼할 필요는 없다. 그러므로 나는 죽음이 꼭 슬퍼할 일은 아니라고 말하련다. 오직 삶이 슬플 뿐이다. 가 버리는 것을 슬퍼하지 말고 원컨대 삶을 슬퍼하라.

生之必有死也　猶晝之必有夜也　一死之不可復生　猶逝之不可復還也　人莫不欲生　然卒不能使之久生　人莫不傷逝　然卒不能止之使勿逝　旣不能使止久生　則生可以不欲矣　旣不能使之勿逝　則逝可以無傷矣　故吾直謂死不必傷　唯有生乃可傷耳　勿傷逝　願傷生也

이지,「상서傷逝」

158

다시,
눈을
감아라.

본분으로 돌아가라는 것이 어찌 문장뿐이겠습니까? 일체의 모든 일이 다 그렇습니다. 화담 선생이 외출했다가 집을 잃고 길에서 울고 있는 사람을 만났습니다. 왜 우는지를 물으니 대답하기를 "저는 다섯 살에 소경이 되어 이제 이십 년이 되었습니다. 아침에 나와 길을 가는데 갑자기 천지만물이 맑고 밝게 보였습니다. 기뻐서 돌아가려는데 골목길은 갈림이 많고 대문은 서로 같아 제 집을 찾지 못하겠습니다. 그래서 웁니다." 하였습니다. 선생이 말했습니다. "내가 돌아가는 법을 가르쳐 주겠다. 도로 네 눈을 감아라. 그러면 바로 네 집을 찾을 것이다." 그리하여 눈을 감고 지팡이를 두드려 걸음을 믿고 집에 갈 수 있었습니다. 이것은 다른 것이 아닙니다. 빛깔과 형상이 뒤바뀌고 슬픔과 기쁨이 작용을 일으켜 망상이 된 것입니다. 지팡이를 두드리며 걸음을 믿는 것, 이것이 우리가 분수를 지키는 관건이 되고 집으로 돌아가는 증명이 됩니다.

還他本分 豈惟文章 一切種種萬事摠然 花潭出 遇失家而泣於塗者曰 爾奚泣 對曰 我五歲而瞽 今二十年矣 朝日出往 忽見天地萬物淸明 喜而欲歸 阡陌多歧 門戶相同 不辨我家 是以泣耳 先生曰 我誨若歸 還閉汝眼 卽便爾家 於是 閉眼扣相 信步卽到 此無他 色相顚倒 悲喜爲用 是爲妄想 扣相信步 乃爲吾輩守分之詮諦 歸家之證印

박지원, 「답창애答蒼厓」

160

눈은 세계의 진실을 얼마나 객관적으로 바라볼 수 있을까? 연암 박지원은 인간의 감각 기관이 오히려 진실을 파악하는 데 방해가 된다고 생각한다. 눈을 뜨자 세상은 혼돈되고 뒤죽박죽이 되었다. 따라서 집(진리)으로 가는 길을 찾기 위해선 도로 눈을 감아야 한다. 본분으로 돌아가라는 말은 세상이 규정해 놓은 질서, 제도, 관습에서 벗어나 대상의 본질을 찾아가라는 뜻이다.

나의 열 가지 즐거움.

깊은 절 한 해가 저무는 날, 눈보라는 골짝에 흩뿌리고 차가운 밤기운에 스님은 잠들어 있을 때 홀로 앉아 책을 읽는 일. 봄과 가을 한가로운 날에 높은 산에 올라 멀리 바라보니, 몸과 마음은 가뿐하고 시상이 솟아오르는 일. 굳게 닫힌 문에 꽃은 떨어지고 주렴 밖에선 새가 우는데, 술동이를 갓 열자 읊고 있던 시구와 딱 맞아떨어지는 일. 굽이도는 물에 술잔을 띄우고 어른과 젊은이 한자리에 모여 한 잔 마시면 한번 읊는데 어느새 시 한 권이 만들어지는 일. 아름다운 밤 고요하고 맑은데, 밝은 달빛이 마루로 새어들고 부채 소리에 맞춰 글을 읽으니 소리 기운이 씩씩하고 힘 있는 일. 산과 시내를 돌아다녀 말도 고달프고 하인도 지치는데 안장 위에서 쉬엄쉬엄 읊은 구절이 작품이 되어 호주머니 가득하게 되는 일. 산속에 들어가 책을 읽어, 목표량을 마치고 집에 돌아오니 마음이 가득 기쁘고 기운이 넘쳐나 붓놀림이 신들린 듯하는 일. 멀리 살던 좋은 친구를 뜻하지 않게 만나 그간의 공부를 자세히 묻고 새로 지은 작품을 외워 보라고 권하는 일. 좋은 글과 구하기 힘든 책을 친구가 갖고 있다는 말을 듣고 사람을 시켜 빌려와 허겁지겁 포장을 풀어 여는 일. 숲과 시내 건너편에 친한 친구가 살고 있는데 새로 빚은 술이 익었다고 알려 오며 시를 부쳐 화답하기를 요청하는 일.

뒤 페이지로 계속

崖寺歲暮　風霰交山　夜寒僧眠　孤坐讀書
春秋暇日　登高遠眺　形神散朗　詩思湧發
掩門花落　卷簾鳥啼　酒甕乍開　詩句初圓
曲水流觴　冠童畢會　一飲一詠　不覺聯篇
良夜肅清　朗月入軒　擊扇誦文　聲氣遒暢
經歷山川　馬頓僕怠　據鞍行吟　有作成囊
入山讀書　課滿歸家　心充氣溢　下筆如神
良友遠阻　忽然相值　細問所業　勸誦新作
　　　　　　　　　　　童奴乞來　急解包裹
　　　　　　　　　　　　　　　　寄詩佇和

김창흡,「예원십취藝園十趣」

164

꼭 지켜야 하는 한 가지.

천하 만물 가운데 지킬 만한 것은 하나도 없지만, 오직 나만은 지켜야 한다. 내 밭을 지고 달아날 자가 있는가. 밭은 지킬 필요가 없다. 내 집을 이고 달아날 자가 있는가. 집도 지킬 필요가 없다. 내 정원의 여러 가지 꽃나무와 과일을 뽑아갈 자가 있는가. 그 뿌리는 땅속 깊이 박혀 있다. 내 책을 훔쳐 없앨 자가 있는가. 성현의 경전이 세상에 퍼져 물이나 불처럼 흔한데, 누가 없앨 수가 있겠는가. 내 옷이나 양식을 훔쳐서 나를 궁색하게 하겠는가. 천하에 있는 실이 모두 내가 입을 옷이며, 천하에 있는 곡식이 모두 내가 먹을 곡식이니, 천하의 모든 옷과 곡식을 없앨 수 있겠는가. 천하 만물은 모두 지킬 필요가 없다. 오직 나라는 것만은 그 본성이 잘 달아나서, 드나드는 데 일정함이 없다. 아주 가깝게 붙어 있어서 서로 배반하지 못할 것 같다가도, 잠시 살피지 않으면 어디든지 못 가는 곳이 없다. 이익으로 꾀면 떠나가고, 위험과 재앙이 겁을 주면 떠나간다. 마음을 울리는 아름다운 음악 소리를 들으면 떠나가며, 눈썹이 새까맣고 이가 하얀 미인의 아리따운 미색을 보면 떠나간다. 가고 나면 돌아올 줄 몰라서, 붙잡아 머물게 할 수가 없다. 그러므로 천하에 나보다 더 잃어버리기 쉬운 것은 없다. 어찌 실과 끈으로 매고 빗장과 자물쇠로 잠가서 나를 굳게 지켜야 하지 않겠는가.

뒤 페이지로 계속

166

大凡天下之物 皆不足守 而唯吾之宜守也 有能負吾田而逃者乎 田不足守也
有能戴吾宅而走者乎 宅不足守也 有能拔吾之園林花果諸木乎 其根著地深
矣 有能攘吾之書籍而滅之乎 聖經賢傳之布于世 如水火然 孰能滅之 有能
竊吾之衣與吾之糧而使吾窘乎 今夫天下之絲皆吾衣也 天下之粟皆吾食也
彼雖竊其一二 能兼天下而竭之乎 則凡天下之物 皆不足守也 獨所謂吾者
其性善走 出入無常 雖密切親附 若不能相背 而須臾不察 無所不適 利祿誘
之則往 威禍怵之則往 聽流商刻羽靡曼之聲則往 見靑蛾皓齒妖艶之色則往
往則不知反 執之不能挽 故天下之易失者 莫如吾也 顧不當繫之維之扃之鐍
之以固守之邪

정약용, 「수오재기守吾齋記」

사람의 마음은 붙들어 두기가 참 어렵다. 조금만 방심하면 밖으로 치달리고 옆으로 내달리려
한다. 욕망과 이익과 권력을 향해 마음은 끝없이 치닫는다. 맹자는 구방심(求放心)이라고 했다.
구방심은 잃어버린 마음을 찾는 것이다. 깊이 사색하고 돌아보아 욕망에 휘둘리는 나를 도로
찾으라.

나
는

혼
자
다
。

나는 홀로이다. 지금의 선비를 보면 나처럼 홀로인 사람이 있는가? 홀로 세상을 살아가나니 벗의 도리에 어찌 한편만 고집하겠는가? 한편만 고집하지 않으니 다른 넷, 다섯이 모두 나의 벗이다. 그렇다면 나의 무리가 또한 넓지 않은가? 그 차가움이 얼음을 엉겨 붙게 하더라도 나는 떨지 않을 것이며, 그 뜨거움이 흙을 태우더라도 나는 애태우지 않겠다. 될 것도 안 될 것도 없이 오직 내 마음을 따를 것이다. 내 마음이 돌아가는 곳은 오직 나 한 개인에게 있을 뿐이다. 그러므로 그 거취가 느긋하고 여유롭지 않겠는가?

余獨也 視今之士 其有若余獨乎 以獨而行于世 交之道豈泥于一乎 一之不泥 於四於五 皆吾友也 則吾之倫 不亦博乎 其寒凝冰而吾不慄 其熱焦土而吾不灼 無可無不可 惟吾心之從 而吾心之所歸 惟一人而已 則其去就豈不綽有裕乎

유몽인, 「증이성징영공부경서贈李聖徵令公赴京序」

『어우야담』의 작가인 유몽인이 친구인 성징 이정구(李廷龜)가 북경으로 사신 갈 때 써 준 글이다. 세상은 내 편에 속하지 않으면 적이라고 위협한다. 특정한 당파와 집단을 편들지 않으면 혼자가 된다. 홀로 가는 길은 외롭다. 그러나 이해관계에 얽매일 필요 없으니 푸른 것은 푸르다고 하고 붉은 것은 붉다고 말한다. 내 양심의 소리를 따른다는 자존감이 세상을 당당하고 자유롭게 살아가게 한다.

미워해야
하는 것.

가난한 것은 부끄러운 것이 아니다. 부끄러운 것은 가난하면서도 뜻을 세우지 못하는 것이다. 천한 것은 미워할 것이 아니다. 미워할 것은 천하면서도 능력이 없는 것이다. 늙음은 탄식할 것이 못 된다. 탄식할 만한 것은 늙도록 헛사는 것이다. 죽는 것은 슬퍼할 것이 못 된다. 슬픈 것은 죽기까지 명성이 들리지 않는 것이다.

貧不足羞 可羞是貧而無志 賤不足惡 可惡是賤而無能 老不足嘆 可嘆是老而虛生 死不足悲 可悲是死而無聞

여곤, 『신음어呻吟語』

가난이 부끄러운 것이 아니라 가난
속에서도 꿈이 없는 것이 부끄러운 것이다.
직업이 부끄러운 것이 아니라 투철한
직업정신이 없는 것이 부끄러운 것이다.
늙는 것이 슬픈 것이 아니라 늙어 죽기까지
아무것도 이루지 못하고 헛되이 낭비한
인생이 슬픈 것이다.

172

달은 둥글면
이지러지고
그릇은 가득 차면
엎어진다.

끝
까
지
올
라
간 용은
후
회
하
리
니
。

달은 둥글면 이지러지고 그릇은 가득 차면 엎어진다. 끝까지 오른 용은 후회함이 있으니 만족함을 알면 욕되지 않는다. 권세를 믿어서는 안 되며 욕망을 지나치게 누려도 안 된다. 새벽부터 밤늦도록 경계하고 두려워하기를, 깊은 못에 임한 듯이 살얼음을 밟는 듯이 하라.

月盈則缺 器滿則覆 亢龍有悔 知足不辱 勢不可恃 欲不可極 夙夜戒懼 臨深履薄

김상용, 「좌우명座右銘」

끝까지 오른 용을 항룡(亢龍)이라고
한다. 하늘 끝까지 올라간 용은 더 이상
올라갈 데가 없으니 내려올 일만 남았다.
지극히 부귀한 자리에 올라간 자는 삼가고
경계하지 않으면 무너져 후회하게 된다.

일생에 쉴 수 있는 날。

사람의 병은 쉬지 못해서인데, 세상은 쉬지 않는 것을 즐거움으로 여긴다. 왜일까? 사람의 수명은 길지가 않아서 백 년의 수명을 누리는 자는 만 명에 하나둘뿐이다. 백세를 산 사람이라도 어릴 때와 늙고 병든 햇수를 제외하면 건강하게 산 날은 불과 사오십 년이다. 그사이에 성공과 실패, 영화로움과 욕됨, 즐거움과 슬픔, 이로움과 해로움이 내게 병이 되어 정신을 해친 경우를 제외하면 웃으며 즐겁고 쾌활하게 쉬었던 날 역시 수십 일에 불과하다. 그런데도 백년을 살지 못하면서 끝없는 근심과 걱정을 감당해서야 되겠는가? 그리하여 세상 사람들은 근심과 걱정에 얽매여 끝내 쉴 날을 기약하지 못한다.

人病不休耳 世以不休爲樂 何哉 夫人壽無幾 得百年之齊者 萬無一二焉
設使有之 除其幼蒙老疾之年 強剛莅事之時 不過四五十年 其間復除其昇
沈榮辱 哀樂利害 爲吾病而害吾眞者 得迫然而樂 快然以休之日 亦不過數
旬焉 況以非百之年 應無窮之憂患者哉 此世人所以役於憂患 而終無休息
之期也

강희맹,「만휴정기萬休亭記」

인간은 오래 살아야 고작 백년을 못 산다. 그 사이에 병들고, 다투고 질투하고 괴로워하며
아등바등 살았던 날들을 제외하면 웃으며 행복했던 날은 고작 수십 일에 불과하다. 그런데도 그
얼마 되지 않은 인생에 근심 때문에 쉬지도 못하고 일만 하니 어찌 슬프지 않겠는가?

멈춤의 지혜。

위험한 곳을 만나 멈추는 것은 보통 사람도 할 수 있지만 순탄한 곳을 만나 멈추는 것은 지혜로운 자만이 할 수 있다. 그대는 위험한 곳을 만나 멈췄는가? 아니면 순탄한 곳을 만나 멈췄는가? 뜻을 잃고 멈추는 것은 누구나 할 수 있지만 뜻을 얻고 멈추는 것은 군자만이 할 수 있다. 그대는 뜻을 얻고 멈췄는가? 아니면 뜻을 잃은 후에 멈췄는가?

遇險而止 凡夫能之 遇順而止 非智者不能 子其遇險而止歟 抑能遇順而止 歟 失意而止 衆人能之 得意而止 唯君子能焉 子其得意而止歟 抑亦失意 而後止歟

홍길주, 「지지당설止止堂說」

노자는 족함을 알면 욕되지 않고 멈출 줄
알면 위태롭지 않아 오래갈 수 있다고 했다.
인간의 불행은 욕망을 제어하지 못하고
끝없이 오르려는 데서 생긴다. 조금만 더,
하는 욕심이 이미 얻은 것조차 잃어버리게
한다. 자족(自足)할 수 있다면 위태롭지
않으련만.

그 저 웃 을 뿐.

왜 푸른 산에 사느냐고 묻기에

웃으며 대답 않으니 마음 절로 한가롭다

복사꽃 계곡물 따라 아득히 흘러가니

여기가 별천지요 인간 세상 아니라네

聞余何事棲碧山

笑而不答心自閑

桃花流水杳然去

別有天地非人間

이백, 「산중문답山中問答」

자연이 주는 행복은 세속의 사람에겐
설명해 준들 이해시킬 수 없다. 그러니
대답 않고 빙그레 웃을 수밖에. 아등바등
서로 할퀴고 물어뜯는 인간 세상서 벗어나
산새의 지저귐, 풀벌레의 울음, 반짝이는
개똥벌레와 함께 살아가는 삶이 진짜
행복이 아닐까?

그
뿐
이
다
。

홀로 있을 때는 낡은 거문고를 어루만지고 오래된 책을 펼쳐보며 한가롭게 드러
누우면 그뿐이다. 잡생각이 떠오르면 집 밖을 나가 산길을 걸으면 그뿐이고 손
님이 찾아오면 술을 내와 시를 읊으면 그뿐이다. 흥이 오르면 휘파람을 불며 노
래를 부르면 그뿐이다. 배가 고프면 내 밥을 먹으면 그뿐이고 목이 마르면 내 우
물의 물을 먹으면 그뿐이다. 춥거나 더우면 내 옷을 입으면 그뿐이고 해가 저물
면 내 집에서 쉬면 그뿐이다. 비 내리는 아침, 눈 오는 한낮, 저물녘의 노을, 새벽
의 달빛은 이 그윽한 집의 신비로운 운치이므로 다른 사람들에게 말해 주기 어렵
다. 말해 준다 한들 사람들은 또한 이해하지 못할 것이다. 날마다 스스로 즐기다
가 자손에게 물려주는 것, 그것이 내 평생의 소망이다. 이와 같이 살다가 마치면
그뿐이리라.

獨居則撫破琴閱古書 而偃仰乎其間而已 意到則出步山樊而已 賓至
則命酒焉諷詩焉而已 興劇則歈也歌也而已 飢則飯吾飯而已 渴則飮
吾井而已 隨寒暑而衣吾衣而已 日入則息吾廬而已 其雨朝雪晝 夕景
曉月 幽居神趣 難可爲外人道也 道之而人亦不解焉耳 日以自樂 餘
以遺子孫 則平生志願 如斯則畢而已

장혼, 「평생지平生志」

184

적게 가지고도 행복하게 사는 비결은 없을까? 그뿐이면 족한 삶을 살면 된다. 내가 어떤 형편에
있든지 긍정하며 사는 것을 자족(自足)이라고 한다. 그뿐이면 되는 삶인데, 우리는 너무 많은
것을 욕망하며 사는구나.

말똥구리는 스스로 말똥구슬을 사랑하여 용의
여의주를 부러워하지 않는다. 용 역시 여의주를
가졌다는 것을 스스로 뽐내고 교만하여 저 말똥
구슬을 비웃지 않는다.

蜣蜋自愛滾丸 不羨驪龍之如意珠 驪龍亦不以如意珠 自矜驕而笑彼蜋丸

이덕무, 「선귤당농소蟬橘堂濃笑」

공생의 비결은 서로의 삶을 존중하는 데
있다. 말똥구리에겐 말똥구슬이 필요할 뿐,
용의 여의주는 쓸모가 없다. 용은 자신에게
여의주가 있다고 해서 말똥구리를 더럽다고
비웃지 않는다. 모든 존재는 각자의 쓸모를
갖고 태어났으니, 쓸모없는 꿈도, 쓸모없는
인생도 없다.

이 책에 실린 인용문의 원전

한국

강희맹姜希孟(1424~1483), 「만휴정기萬休亭記」, 『사숙재집私淑齋集』

권근權近(1352~1409), 「주옹설舟翁說」, 『양촌집陽村集』

권필權韠(1569~1612), 「자경잠自警箴」, 『석주집石洲集』

기준奇遵(1492-1521), 「육십명六十銘」, 『덕양유고德陽遺稿』

김구金九(1876~1949), 「좌우명座右銘」

김상용金尙容(1561~1637), 「좌우명座右銘」, 『선원유고仙源遺稿』

김창흡金昌翕(1653~1722), 「예원십취藝園十趣」, 『삼연집三淵集』

김충선金忠善(1571~ ?), 「가훈家訓」, 『모하당집慕夏堂集』

김휴金烋(1597~1638), 「자경잠自警箴」, 『경와집敬窩集』

박제가朴齊家(1750~1805), 「백화보서百花譜序」・「송백영숙기린협서

　送白永叔麒麟峽序」, 『정유각집貞㽸閣集』

박지원朴趾源(1737~1805), 「답창애答蒼厓」・「북학의서北學議序」, 『연암집燕巖集』

유몽인柳夢寅(1559~1623), 「증이성징영공부경서贈李聖徵令公赴京序」, 『어우집於于集』

윤형로尹衡老, 「가훈家訓:거향장居鄕章」, 『계구암집戒懼庵集』

이규보李奎報(1168~1241), 「사잠思箴」, 『동국이상국집東國李相國集』

이덕무李德懋(1741~1793), 「선귤당농소蟬橘堂濃笑」・「이목구심서耳目口心書」・

「천애지기서天涯知己書」,『청장관전서青莊館全書』

이순신李舜臣(1545~1598),『난중일기亂中日記』1597년 9월 15일

이양연李亮淵(1771~1853),「야설野雪」,『임연당별집臨淵堂別集』

이원익李元翼(1547~1634),「좌우명座右銘」(이식,「영의정완평부원군이공시장
　　領議政完平府院君李公諡狀」,『택당집澤堂集』)

이이李珥(1536~1584),「자경문自警文」,『율곡전서栗谷全書』

이익李瀷(1681~1763),「중용질서서中庸疾書序」,『성호전집星湖全集』

장유張維(1587~1638),「신독잠愼獨箴」·「의리지변義利之辨」,『계곡집谿谷集』

장혼張混(1759~1828),「평생지平生志」,『이이엄집而已广集』

정도전鄭道傳(1342~1398),「금남야인錦南野人」,『삼봉집三峰集』

정약용丁若鏞(1762~1836),「수오재기守吾齋記」,『여유당전서與猶堂全書』

　　「이전육조吏典六條: 용인用人」,『목민심서牧民心書』

정조正祖(1752~1800),「추서춘기鄒書春記」,『홍재전서弘齋全書』

하륜河崙(1347~1416),「명자설名子說」,『호정집浩亭集』

홍길주洪吉周(1786~1841),「지지당설止止堂說」,『현수갑고峴首甲藁』

홍대용洪大容(1731~1783),「미상기문渼上記聞」·「자경설自警說」,『담헌서湛軒書』

황상黃裳,「임술기壬戌記」,『치원유고巵園遺藁』

중국

『논어論語』

『대학大學』

『도덕경道德經』

『맹자孟子』

『명심보감明心寶鑑』

『중용中庸』

김성탄金聖嘆,(1608~1661),『쾌설快說』

도연명陶淵明,「잡시雜詩」,『고문진보古文眞寶』

사마천司馬遷,「역생 육고열전酈生陸賈列傳」·「이사열전李斯列傳」,『사기史記』

신거운申居鄖,『서암췌어西岩贅語』

여곤呂坤(1536~1618),『신음어呻吟語』

왕양명王陽明(1472~1528),「楊仕德薛尙誠書」,『양명전서陽明全書』

유안劉安,『회남자淮南子』

유향劉向 편,「중산책中山策」,『전국책戰國策』

이백李白(701~762),「산중문답山中問答」,『이태백문집李太白文集』

이지李贄(1527~1602),「상서傷逝」,『분서焚書』

제갈량諸葛亮(181~234),「지인성知人性」,『심서心書』

주자朱子(1130~1200),「권학문勸學文」,『고문진보古文眞寶』

진계유陳繼儒(1558~1639),『암서유사岩栖幽事』

한유韓愈(768~824),「사설師說」,『고문진보古文眞寶』

홍자성洪自誠,『채근담菜根譚』

기타

마테오리치利瑪竇(1552~1610),『교우론交友論』

손으로 생각하기 6 ──────── 삶을 풍요롭게 만드는 옛사람의 지혜 71

고전필사

초판 1쇄 발행 2015년 11월 16일
초판 7쇄 발행 2023년 2월 14일

지은이 박수밀
펴낸이 김영범
펴낸곳 (주)북새통 · 토트출판사

주소 서울시 마포구 월드컵로36길 18 삼라마이다스 902호
대표전화 02-338-0117
팩스 02-338-7160
출판등록 2009년 3월 19일 제 315-2009-000018호
이메일 thothbook@naver.com

ISBN 978-89-94702-60-5 04810
ISBN 978-89-94702-51-3 04810(세트)

잘못된 책은 구입한 서점에서 교환해 드립니다.